中国诗人

童启松

—著—

MENG●
梦

XIAN●
闲

CI●
词

XIN●
心

北方联合出版传媒（集团）股份有限公司
春风文艺出版社
·沈 阳·

图书在版编目（CIP）数据

梦闲词心 / 童启松著. —沈阳：春风文艺出版社，
2019.4（2021.1重印）
（中国诗人）
ISBN 978 - 7 - 5313 - 5588 - 5

Ⅰ.①梦… Ⅱ.①童… Ⅲ.①词（文学）—作品集—中
国—当代 Ⅳ.①I227.8

中国版本图书馆CIP数据核字（2019）第028777号

北方联合出版传媒（集团）股份有限公司
春风文艺出版社出版发行
http://www.chunfengwenyi.com
沈阳市和平区十一纬路25号　邮编：110003
永清县晔盛亚胶印有限公司印刷

责任编辑：韩　喆　　　　　　　责任校对：陈　杰
装帧设计：琥珀视觉　　　　　　幅面尺寸：125mm × 195mm
印　　张：4.75　　　　　　　　字　　数：88千字
版　　次：2019年4月第1版　　印　　次：2021年1月第2次
书　　号：ISBN 978-7-5313-5588-5
定　　价：45.00元

总　序

中国是诗的国度。千百年来，人们沐浴在诗歌传统中，传诵着一代又一代诗人写就的经典之作。而伴随着现代社会和互联网的发展，信息的传播和接受更加便捷，诗歌的阅读与创作方式也在潜移默化中被改变，在信息量无限扩大的互联网世界，远离喧嚣、静赏诗意显得尤为珍贵。

中国诗歌网正是在这样的背景下应运而生。作为国家重点文化工程，中国诗歌网以建立"诗人家园，诗歌高地"为宗旨，迅速成为目前国内也是世界诗歌类互联网专业出版平台和中国诗坛最具权威性和影响力的文学阵地之一。

互联网时代诗歌创作的便捷激发了一大批诗歌爱好者与诗人的创作热情，他们在公交车上写诗，在工作间隙写诗，他们创作的诗歌作品贴近现实与生活，在追求好诗的道路上不断前进。春风文艺出版社有着久远的诗歌出版史，《朦胧诗选》和《汪国真诗词精选》曾一度畅销。近两年，春风文艺出版社一直致力于打造优质诗歌的品牌。本着推介中国当代诗人的原则，中国诗歌网与春风文艺出版社决定联合推荐出版"中国诗人"诗丛，共同打造"中国诗人"这一诗歌新品牌。该诗丛计划出版百部优秀诗集，在注重诗歌质量的同时，力求结合互联网与传统出版的优势，通过直观的文本呈现向读者介绍一批热爱诗歌、坚持诗歌创作的诗人，以期汇集中国当代诗歌优秀成果，展示当代诗人的创作实绩与创作风貌。

作为国家文化工程的中国诗歌网，推出"中国诗人"诗丛，也是在整个民族复兴的伟大进程中展示中国人崭新的精神风貌。因此，我们在百花齐放的诗坛，特别关注有家国情怀的厚重力作，提倡来自生活的独特发现，鼓励创新探索的艺术精品，推崇高雅纯真的诗情意趣。我们希望这套"中国诗人"丛书是体现诗坛正能量，能够引人向上、向善、向美的诗歌佳作。

我们满怀期待，我们也真诚希望广大诗人和诗歌爱好者关注这套诗丛，与诗同在，我们为此感到自豪和幸福。我们期待更多的诗人加入我们这套丛书，我们也期待这套丛书走进更多读者的心田！

叶延滨

2017 年中秋前夕于北京

目　录
CONTENTS

念奴娇·重庆谈判　　　　　　　　　　/ 1

水调歌头·重庆和谈　　　　　　　　　/ 1

瑞龙吟·词宋　　　　　　　　　　　　/ 2

念奴娇·问天　　　　　　　　　　　　/ 3

西江月·残梦　　　　　　　　　　　　/ 3

满江红·忧思　　　　　　　　　　　　/ 4

点绛唇·海棠　　　　　　　　　　　　/ 4

清平乐·笑靥　　　　　　　　　　　　/ 5

蝶恋花·忆　　　　　　　　　　　　　/ 5

虞美人·名师　　　　　　　　　　　　/ 6

满庭芳·南潮云海　　　　　　　　　　/ 6

减字木兰花·白玉兰　　　　　　　　　/ 7

卜算子·梅英　　　　　　　　　　　　/ 7

目　录
CONTENTS

浪淘沙慢·莫误　　　　　　　　　　　/ 8

谒金门·暗香　　　　　　　　　　　　/ 9

踏莎行·误　　　　　　　　　　　　　/ 9

南乡子·叶之恋　　　　　　　　　　　/ 10

鹊桥仙·寻蝶　　　　　　　　　　　　/ 10

渔家傲·亲情　　　　　　　　　　　　/ 11

南歌子·寒倩　　　　　　　　　　　　/ 11

蓦山溪·归去来兮　　　　　　　　　　/ 12

醉落魄·蝉玉　　　　　　　　　　　　/ 12

木兰花慢·九儿　　　　　　　　　　　/ 13

瑞鹤仙·致徐志摩　　　　　　　　　　/ 14

如梦令·新食城　　　　　　　　　　　/ 15

诉衷情令·网红西子　　　　　　　　　/ 15

目　录
CONTENTS

摸鱼儿·送蝶 　　　　　　　　　　　/ 16

八声甘州·秋泣 　　　　　　　　　　/ 17

眼儿媚·女人帮 　　　　　　　　　　/ 18

玉楼春·赏菊 　　　　　　　　　　　/ 18

醉蓬莱·弃难 　　　　　　　　　　　/ 19

声声慢·三秋 　　　　　　　　　　　/ 19

一剪梅·梅心 　　　　　　　　　　　/ 20

行香子·良缘 　　　　　　　　　　　/ 20

霜天晓角·流星雨 　　　　　　　　　/ 21

喜迁莺·耶路撒冷 　　　　　　　　　/ 21

永遇乐·望梅 　　　　　　　　　　　/ 22

采桑子·雪封 　　　　　　　　　　　/ 22

祝英台近·错爱 　　　　　　　　　　/ 23

目　　录
CONTENTS

风流子·篁岭 / 23

定风波·幻境 / 24

暗香·雪莲花 / 24

疏影·雪域西藏 / 25

望江南·水乡 / 25

齐天乐·九寨遗情 / 26

菩萨蛮·无绪 / 26

临江仙·秋波 / 27

扬州慢·金陵故梦 / 27

画堂春·惜 / 28

西河·冬眠 / 28

绮罗香·夜雨 / 29

月上海棠·西府海棠 / 29

目　录
CONTENTS

醉花阴·春怨　　　　　　　　　　　　　/ 30

烛影摇红·夜辞　　　　　　　　　　　　/ 30

长相思·春　　　　　　　　　　　　　　/ 31

太常引·南豆　　　　　　　　　　　　　/ 31

忆江南·缘　　　　　　　　　　　　　　/ 32

玉蝴蝶·蝶梦庄周　　　　　　　　　　　/ 32

武陵春·追风　　　　　　　　　　　　　/ 33

玉堂春·驴友　　　　　　　　　　　　　/ 33

陌上花·冬　　　　　　　　　　　　　　/ 34

归去来·三清凝　　　　　　　　　　　　/ 34

十六字令·园丁　　　　　　　　　　　　/ 35

水龙吟·七七　　　　　　　　　　　　　/ 35

好事近·幻　　　　　　　　　　　　　　/ 36

目 录
CONTENTS

朝中措·银杏落照   / 36

沁园春·琼珠   / 37

浪淘沙令·东北易   / 38

青玉案·秋思   / 38

柳梢青·秋寒   / 39

清平调·梦怀   / 39

洞仙歌·相惜   / 40

小重山·荷影   / 40

八声甘州·情付   / 41

木兰花·误   / 41

汉宫春·百年变奏   / 42

双双燕·春辞   / 42

兰陵王·雨思   / 43

目　　录
CONTENTS

天仙子·晓寒　　　　　　　　　　　　　　／43

六丑·桃花　　　　　　　　　　　　　　　／44

桂枝香·金陵梦碎　　　　　　　　　　　　／45

破阵子·幻月　　　　　　　　　　　　　　／45

花犯·菊　　　　　　　　　　　　　　　　／46

青门引·杏花　　　　　　　　　　　　　　／46

唐多令·暮秋　　　　　　　　　　　　　　／47

大酺·双清别意　　　　　　　　　　　　　／47

长亭怨慢·送菊　　　　　　　　　　　　　／48

卖花声·不忘　　　　　　　　　　　　　　／48

御街行·盈缺　　　　　　　　　　　　　　／49

相见欢·错约　　　　　　　　　　　　　　／49

琐窗寒·秋高　　　　　　　　　　　　　　／50

目　录
CONTENTS

高阳台·西湖秋绪　　　　　　　　　　　/ 51

东风第一枝·牡丹　　　　　　　　　　　/ 52

东风第一枝·翠绿　　　　　　　　　　　/ 53

解语花·春靥　　　　　　　　　　　　　/ 54

解连环·北斗三　　　　　　　　　　　　/ 55

六州歌头·决战　　　　　　　　　　　　/ 56

钗头凤·无助　　　　　　　　　　　　　/ 57

渔歌子·惜　　　　　　　　　　　　　　/ 57

苏幕遮·又好　　　　　　　　　　　　　/ 58

凤凰台上忆吹箫·夜莺　　　　　　　　　/ 58

望海潮·浦江兴盛　　　　　　　　　　　/ 59

丑奴儿·词情　　　　　　　　　　　　　/ 59

谢池春·婚照　　　　　　　　　　　　　/ 60

目　录
CONTENTS

绮罗香·夜叹　　　　　　　　　　　/ 60

更漏子·花园口　　　　　　　　　　/ 61

风光好·竞龙舟　　　　　　　　　　/ 61

忆王孙·兴　　　　　　　　　　　　/ 62

醉翁操·幽思　　　　　　　　　　　/ 62

九回肠·秋　　　　　　　　　　　　/ 63

捣练子·舞　　　　　　　　　　　　/ 63

梦江南·痴　　　　　　　　　　　　/ 64

凤箫吟·怜　　　　　　　　　　　　/ 64

采莲子·莲姑　　　　　　　　　　　/ 65

过秦楼·征尘　　　　　　　　　　　/ 65

桃源忆故人·错过　　　　　　　　　/ 66

荷叶杯·冠桂　　　　　　　　　　　/ 66

目　录
CONTENTS

天净沙·评　　　　　　　　　　　　/ 66

三台（大曲）·荷　　　　　　　　　/ 67

浣溪沙·白描　　　　　　　　　　　/ 68

眼儿媚·无尘　　　　　　　　　　　/ 68

生查子·梦　　　　　　　　　　　　/ 69

生查子·云鬓　　　　　　　　　　　/ 69

喜团圆·春暖　　　　　　　　　　　/ 70

忆秦娥·相思结　　　　　　　　　　/ 70

感皇恩·菜园　　　　　　　　　　　/ 71

莺啼序·遇见　　　　　　　　　　　/ 72

霓裳中序第一·桂花　　　　　　　　/ 73

倾杯·喘息　　　　　　　　　　　　/ 74

三姝媚·金陵怨　　　　　　　　　　/ 75

目　　录
CONTENTS

阮郎归·稼轩叹　　　　　　　　　　／75

夜半乐·匆匆　　　　　　　　　　　／76

最高楼·梅红　　　　　　　　　　　／77

南浦·天象　　　　　　　　　　　　／77

六幺令·茶禅　　　　　　　　　　　／78

忆旧游·墨引　　　　　　　　　　　／79

盐角儿·行韵　　　　　　　　　　　／80

古调·吊唁　　　　　　　　　　　　／80

忆少年·追梦　　　　　　　　　　　／81

竹枝·旗袍秀　　　　　　　　　　　／81

阳关曲·归　　　　　　　　　　　　／81

潇湘神·弦禅　　　　　　　　　　　／82

贺新郎·方舟　　　　　　　　　　　／82

目　录
CONTENTS

八六子·错听　　　　　　　　　　　　/ 83

摸鱼儿·祭　　　　　　　　　　　　　/ 83

桂枝香·古镇旧韵　　　　　　　　　　/ 84

花犯·香樟　　　　　　　　　　　　　/ 85

青门引·春引　　　　　　　　　　　　/ 85

大酺·梦荷　　　　　　　　　　　　　/ 86

定风波·醉酒　　　　　　　　　　　　/ 87

疏影·木芙蓉　　　　　　　　　　　　/ 87

双双燕·归栖　　　　　　　　　　　　/ 88

扬州慢·秦淮恨　　　　　　　　　　　/ 88

高阳台·扬花　　　　　　　　　　　　/ 89

解语花·石榴　　　　　　　　　　　　/ 90

雨霖铃·残秋　　　　　　　　　　　　/ 91

目 录
CONTENTS

钗头凤·春怨　　　　　　　　　/ 92

苏幕遮·红豆怨　　　　　　　　/ 92

陌上花·清韵　　　　　　　　　/ 93

玉堂春·牡丹　　　　　　　　　/ 93

醉花阴·别恨　　　　　　　　　/ 94

武陵春·仙界迷踪　　　　　　　/ 94

忆江南·贵妃醉酒　　　　　　　/ 95

忆江南·梅玉情　　　　　　　　/ 95

扬州慢·春来　　　　　　　　　/ 96

长相思·赤子情　　　　　　　　/ 96

画堂春·竞渡　　　　　　　　　/ 97

乌夜啼·匆匆　　　　　　　　　/ 97

瑞龙吟·灵山虚界　　　　　　　/ 98

目　录
CONTENTS

南歌子·归燕	/ 99
太常引·谷雨	/ 99
风入松·绿风裳	/ 100
少年游·寸草	/ 100
西河·民国旧事	/ 101
高阳台·西子斜阳	/ 102
鹧鸪天·惊天一运	/ 102
解语花·花语	/ 103
捣练子·袖红	/ 103
武陵春·春怨	/ 104
青玉案·梦呓	/ 104
谒金门·慕春	/ 105

目 录
CONTENTS

卜算子·迁   / 105

浣溪沙·讲堂春沐   / 105

桃源忆故人·飞泪   / 106

乌夜啼·秋望   / 106

水龙吟·秋残   / 107

采桑子·郁香   / 107

千秋岁·风言   / 108

玉蝴蝶·装裱   / 108

渡江云·魅影   / 109

过秦楼·借春风   / 110

蝶恋花·寒梅   / 110

鹧鸪天·春愁   / 111

目　录
CONTENTS

浪淘沙慢·虚境　　　　　　　　　　　/ 111

六州歌头·武穆恨　　　　　　　　　　/ 112

倾杯·雨花　　　　　　　　　　　　　/ 113

摸鱼儿·冬至寒郁　　　　　　　　　　/ 114

祝英台近·愁丝　　　　　　　　　　　/ 114

扬州慢·冬初夜雨　　　　　　　　　　/ 115

八声甘州·望海潮　　　　　　　　　　/ 115

声声慢·嫁秋风　　　　　　　　　　　/ 116

永遇乐·云碧春游　　　　　　　　　　/ 117

风流子·挥杆　　　　　　　　　　　　/ 118

兰陵王·秦淮诉　　　　　　　　　　　/ 119

长亭怨慢·知青　　　　　　　　　　　/ 120

目　录
CONTENTS

念奴娇·中华人民共和国成立　　　　　　/ 121

暗香·芳华　　　　　　　　　　　　　　/ 122

疏影·送梅　　　　　　　　　　　　　　/ 123

木兰花慢·茶道今古　　　　　　　　　　/ 124

水调歌头·天眼　　　　　　　　　　　　/ 125

跋　　　　　　　　　　　　　　　　　/ 126

念奴娇·重庆谈判

嘉陵江畔，看朝天门外，双龙腾跃。雨暮巫山云雾霭，铁胆雄魂惊魄。笑谈林园，掷棋上党，卷起烽烟幕。纤绳堤岸，浪涛掀闹寻索。

城下水漫风淹，闲庭相扑，互演推盘错。三国四方鏖战急，擂鼓鸣金游博。着意无休，剑飞袖舞，岚翠斜阳薄。千秋遗憾，露沾绵纸空诺。

水调歌头·重庆和谈

云雾漫遮掩，煮酒竞枭雄。借谈催发三电，藏掩挽弯弓。卷起巫山烽幕。暗布横江铁索。频扑斗飞鸿。醉醒半睁眼，争闹问骁龙。

右挪左，牵巨手，梦游中。病夫欲复，擎柱谁主砥巅峰。寒彻风流惊搏。掠过千沟万壑。激浪湿图穷。逐鹿方焦虑，拼杀落忧忡。

瑞龙吟·词宋

一春水。愁载顷向东流，又曾舟舣。层楼望断流光，离人别怨，相思烛泪。

梦还醉。怀古喻今潮弄，问天尺咫。羁留游宦青衫，鬓霜晚照，朝臣尽醉。

垂发冲冠悲怒，并刀北望，雄魂憔悴。归去鹧鸪清江，孤炷摇曳。邀娥对影，残月勾云绮。秋千荡、远山淡抹，浓妆宫紫。错捡偷安旨。马枪暗锁，归藏铁骑。玉嵌雕鞍贵。花易老，桃红菊黄梅蕊。莺莺燕燕，寸心揉碎。

念奴娇·问天

老山界顶，望宇穹三尺，回首惊魄。欲问寒宫凝伫久，痛失雄厚华萼。魂别湘江，断肠孤旅，凄咽长吹角。游龙疲极，务虚还又踟蹰。

酣战血海波澜，铁围四壁，湮灭愁谁觉？未弃教条沉傲物，图尺浑挥帷幄。将帅思悲，军兵急盼，焦虑还差错。刺空拈破，向天千指霜锷。

西江月·残梦

残月西斜欲去，漏窗丝絮凝霜。竹梢痴舞绕愁肠。酒醉对樽惝恍。

未解西风意绪，芙蓉花减香藏。剪来梅影抹新妆。借望漫坡红浪。

满江红·忧思

寰宇虚空，漫浩渺、凄凉孤寂。算银河、尘埃一粒，难寻踪迹。膨胀扩张飞速去，束波引力神游弈。亿光年、瞬息际无边，奔流激。

奇异巧，蹊跷极。存生境，从优集。觉醒谁造物，智人温室。错弄情生钟四季，贪馋艳媚相思蜜。怅遥穹、何处有朝阳，云霄碧。

点绛唇·海棠

霁雨方晴，海棠初露红唇秀。艳娇豆蔻。珠滴冰肌秀。

风剪雍容，蝶绕缠痴嗅。粉裳透。寸心吹皱。隽永花姿瘦。

清平乐·笑靥

春花才绽。翻浪莲池浅。谁把芳心瑰艳眷。弄错醉酣痴恋。

笑靥深挚矜藏。倾情未顾轻狂。漾荡娇颜轻抒，秋波都付衷肠。

蝶恋花·忆

岁去年华长眷伫。常记欢欣，未把孤灯数。酒醒觉来飘泪雨。少眠残夜牵愁绪。

直把知交都愧负。惦念留遗，错引千歧误。飞鬓秋寒霜乱舞。斜阳落寞余凄苦。

虞美人·名师

芬芳桃李藏珍果，绽放娇繁朵。傲霜梅印暗香谋。四季伴英颜笑、竞风流。

匿知风雅言轻沐，惑解遵名宿。道传倾注玉冰壶。泽润丰华豆蔻、摘琼珠。

满庭芳·南潮云海

南海征帆，北疆行远，待消争竞狂潮。衅端四起，胡言意乱凭妖。更舰侵飞机掠，欺无力、浪卷咆哮。残渣泛，黩兵魅影，搅弄鬼妆幺。

千年渔故海，几时孱弱，祛病雄骁。筑鹏岛，主权何顾喧嚣。天降通勤欢悦，军民乐、归港安巢。航程导，八方照晚，屹立矗风标。

减字木兰花 · 白玉兰

枝头霜伴。待望东风吹破暖。亭立含羞。雨沐香沉脂欲流。

冰肌云缎。轻舞华姿飞梦幻。庭院深幽。揉碎痴情藏寸眸。

卜算子 · 梅英

冰润红影飘，泪点枝梢落。谁把腮妆扑艳粉，坠入尘泥错。

玉龙三更催，夜半寒凄薄。春破珠残魂英收，只怪东风恶。

浪淘沙慢·莫误

忆初识，牵思念浅，杏眼还执。深蕴期时洞悉。难堪宽悯体恤。渐住久心知如促膝。数方寸、空隐私密。想梦呓胡言语谁懂，悲摧更怜惜。

孤掷。夜阑字里寻觅。看蚁斗文章，才惊惶、怕独沉晦涩。玉露引琼珠，侈望豪溢。四声细述。自恚随欢悚，翠樽嘉栗。

泼墨丹青藏文脉。问夫子、可从旧昔。恨迟暮、挽斜阳倍极。但未怯、荏苒流光，伴鬓白，星辰岁月追华魄。

谒金门·暗香

暗香涌。雪霁朝云残梦。一夜梅飞几弄。又玉龙悲恸。

转眼黛眉成空。收泪拾英谁懂。重把碎心归聚拢。还与相思种。

踏莎行·误

幻影凌波，乘风裳舞。魂悠寻魄瑶台住。武陵源外引云山，刘郎迷失相思处。

错约知期，千年谁遇。回牵醉梦心痴许。落帆身隐未人归，薄言又对倾情负。

南乡子·叶之恋

　　叶影漫飞天。珠露凝霜坠玉颜。思念馥香残片舞，翩跹。缠绕根泥欲复还。

　　怀协秘轻言。醉梦呢喃暗自安。眷恋岸坡妆粉艳，来年。再挂枝梢缀绿鬟。

鹊桥仙·寻蝶

　　人间离别，鹊桥团聚，自古尽托神意。牛郎织女复依偎，便欢悦、天仙醉美。

　　星云绚烂，浪花妩媚，共度良宵无悔。销魂今夜又经年，且酣睡、梦寻蝶魅。

渔家傲 · 亲情

一日为亲倾心闹。夜阑谁弃三更吵。日久远疏情易老。添烦恼。此计莫让邻家笑。

晨晓风清常问早。事难意取随姑嫂。相待诚真无取巧。缘未了。满堂和气藏珍宝。

南歌子 · 寒情

天际归雁唳，烟岚一字飘。北风吹彻泄寒潮。晨晓冬装街陌、尽霜飙。

看黛眉争竞，冰肌妩媚娇。风裳罗带小蛮腰。水貂飞披轻侈、最逍遥。

蓦山溪·归去来兮

——梅影

寒风吹彻，归又牵初雪。尤记暗香馨，恋眉红、寿阳妆贴。横斜枝俏，娇艳粉唇朱，幽姿瘦，冰肌腴，孤傲藏颐颊。

挂梢萼瓣，绽放开花靥。玉露沁芳心，忆秋波、回眸盈缀。惹菲思慕，相与竹依偎，伴泥馥，别东君，满宇珠倾泼。

醉落魄·蝉玉

离思蝉玉。寒秋夜梦飞黄菊。知期错约沉昏夙。恨别清荷，相对泪倾瀑。

幽魂犹待生无复。落尘谁为摧残烛。长天未扰孤灯郁。易老沧桑，何奈悲恸哭。

木兰花慢·九儿

枣花香遍野，漫空艳、熟高粱。正酒酿樽魂，回肠几转，九娘新妆。康庄。草荒地老，恰春风细沐醉痴狂。吹落满堂花烛，远方耀照星光。

斜阳。寇入故乡。人性绝、丧天良。记训言、不叫儿孙国丧，一搏豪强。离殇。宇霄烟霭，更觞壶抛弃赶豺狼。且换手边利剑，红缨长柄梭枪。

瑞鹤仙·致徐志摩

觅灵魂伴侣。算寻遍人海，又甚丧沮。浪无极心旅。涉万重山水，相思意绪。断肠愁缕。恋千年、忘情修苦。更奈何、前定姻缘，终成眷属新府。

如许。未予畏惧，惊天泣鬼，暴风骤雨。一生献与。唯挚爱，伊同汝。念徽因畅想，大兵仙鹤，抛洒泪烛凤炬。叹英豪、幼小才漫，纵横望誉。

如梦令 · 新食城

几十层楼人挤，寻觅佳肴倚徙。中外菜如期，风味解馋无比。

阔气，阔气，还未假尽已醉。

诉衷情令 · 网红西子

网红西子别样萌。美景缀柔情。莲蓬藕香沉醉，笑靥客钦倾。

花细语，鸟轻声。喜聆听。湖光添色，染点繁华，印月明星。

摸鱼儿·送蝶

　　正新晴、雨停方霁，露寒送蝶别离去。翼轻粉彩虹旌舞，欲咐呢喃倾语。沾湿絮。望独居、宫丝雪沐长冬瘰。玉囊归处。蛰伏待来年，庄周重梦，飘羽化春赋。

　　听梅笛，卷起相思钦慕。怕如约错期误。飞天结茧更霓裳，藏隐冰封霜渡。沉自悟。数傲骨、寿阳还印馨香炉。娇颜无驻。着意嫁东风，痴追红浪，腊月岁难溯。

八声甘州·秋泣

　　看碧空素靥透娇羞。银汉隐澄幽。漫低吟细语，轻声凤引，共月退悠。缥缈烟花虚境，泛起木兰舟。骤雨摧残泪，寂寞悲愁。

　　梦醒未眠昏觉，幻中游影倩，独自凝眸。物华垂福照，知念又希求。奈馨荣、世家身立，更情亲、恋顾避纷纠。连环结、悯怜无解，欲举还休。

眼儿媚·女人帮

相知季里未徜徉。夜月梦依傍。盼期慰勉，落难陪伴，失意言祥。

觅寻愿景天涯远，淡抹粉腮妆。征途靥笑，邀功欢宴，蜜酒醇香。

玉楼春·赏菊

菊黄布满群芳赏。雨霁寒潮风拂浪。颊腮娇艳看谁边，罗绮沉香花共享。

牵丝萼瓣柔姿荡。笑靥玉珠沉碧漾。秋光眉黛对眸惊，粉紫薄裳齐惬畅。

醉蓬莱·弃难

正风波骤起，掀浪张狂，刺舟摇曳。无助凄凉，浊酒咽声泪。魅影虚悬，行踪缥缈，望拒沉窥觊。烛夜言阑，梦残语乱，问还思否。

寂静轻吟，喧嚣谁闹，隐痛多哀，负疼烦猥。梁绕音低，独孤堪愁垒。星浸莲塘，月没荷翠，菡萏羞回媚。屋庐难舍，蓬莱何弃，碎心休止。

声声慢·三秋

秋水望断，长天一色，拒霜黄菊琼珠。雨霁轻寒空碧，浸月星湖。夜凉蝉鸣声细，正桂香、流艳芙蕖。送酷暑、粉腮风裳绿，心苦甘腴。

憔悴不堪红落，纵傲孤、莲藕牵绕柔茹。玉液愁肠千结，煮酒冰壶。邀月烟阑对影，恰斜晖、欢宴合醵。莫辞却、漫醇香茅庐，泪洒非辜。

一剪梅·梅心

凤舞龙腾满树梢。绣阁层楼，帘卷枝邀。
画屏红印烙情丝，才放银针，又动交刀。

染点红妆缀艳娇。欲注相思，吩咐云雕。
暗香藏袖漏春光，未恨东风，飞雪花飘。

行香子·良缘

豆蔻华年，玉脂冰肌。蜂嗅蝶舞远山眉。
初开情窦，矜隐娇痴。再见如故，意如愿，约
如期。

别前方醒，芳心暗许，更待花好月圆时。
迎春欢燕，比翼双飞。醉梦相悦，心相慰，影
相随。

霜天晓角·流星雨

瞬间星雨。漫碧空欢舞。火树银花又瀑，明星梦、真如许。

光聚。尽赞誉。且让群芳妒。未顾霜天寒夜，觉来醒、把身误。

喜迁莺·耶路撒冷

天堂咫尺。拜圣殿山灵，哭缄沉默。无限愁思，风霜镌刻，岁月华光轻失。千年遥望暮想，叹息遗哀残壁。流离去，漫长夜悲伤，苦痛幽忆。

私语沉孤寂。祈祷归回，抚慰游魂魄。钦仵馋闻，凝听天语，谨记耶和诲敕。远方蚀心噬骨，何处系停帆舶。夕照晚，未忘出暗黑，迷路求索。

永遇乐·望梅

借问春风，何时归去，再抹娇颜。清浸星寒，碧云月冷，南雁声无言。蝉鸣欲断，露珠霜重，垂叶湿沾雕栏。正秋深、飘黄飞絮，荏苒翠绿凋残。

婉辞金栗，菊艳忧悴，暮雨雪霏离迁。香暗魂牵，印眉封冻，薄抹妆红胭。石桥阡陌，流溪孤影，羞与群芳争妍。恋晶莹、剔透玉缀，待期燕还。

采桑子·雪封

黑风漫雪荒原怒，星点飘飞。梢树寒吹。万籁无声未霁威。

柴篱茅舍灯昏暗，窗漏思悲。乍展新梅。欲借东风春载归。

祝英台近·错爱

世间情，都为债，错爱更需还。暮雨朝云，不负寸心难。窈窕淑女秋眸，好逑君子，怅相知、参差梦缘。

醉梦牵。魂飞初见娇颜，良宵结凤鸾。颦蹙愁眉，怕苦痛轻言。更锅碗怼汤瓢，未谐交响，惜眷恋、和亲付闲。

风流子·篁岭

三六九井巷，天街璀、朝相隐深篁。看京剧鼻祖，两曹神韵，国藩笔墨，树和中堂。渐延绵、芝兰金石范，师道德流芳。书院竹山，商家居岭，悲慈和善，谦让安康。

天上人间慕，惊世艳、秋黄梦缀风裳。花海梯田秋晒，更写新章。一醒方知醉，粉墙辉映，色盘图画，锦绣长廊。景物沧桑依旧，环宇周彰。

定风波·幻境

梦里迷寻城未开。过江水国塑冰来。妖镜幻魔无黑夜。横跨。屏中穿越缀腰牌。

虚境新欢真亦假。玩耍。娇颜倩丽影裙钗。回望丰腴纤瘦姐。娶嫁。觉来觅遍泪垂腮。

暗香·雪莲花

九霄云淡。漫峭岩飞雪，碧空澄湛。寂静凄清，疏隐芳颜独孤苒。尘世喧嚣未顾，且居安、谷幽崖堑。怕未成、采摘堪殇，功败效垂减。

半掩。粉腮脸。正醉酣天山，散花星闪。叠层翠染。沟壑幽游卷风暗。何惧寒伧夜暮，便萧瑟、月残谁歉。更傲霜、冰玉润，露珠轻点。

疏影·雪域西藏

冰寒雪舞。正绛朱一抹，圣洁天与。蓬座高墙，晶玉银屏，云海问禅尘旅。赤鲜白粉修行屋，纵色染、羔羊香乳。念菩提、钟转恭虔，净土喇嘛玄悟。

无极苍穹俯仰，看昆仑幻境，魂漫空宇。眷恋仓央，诗国花开，音籁风吟如许。幡招凡世纷繁恼，且忘却、万千愁缕。望凉域、罗绮哈达，湖镜浸沉星语。

望江南·水乡

江南悄，珠翠浪飞花。船满鱼虾风细雨，荷乡泽国是谁家。归处问丰华。

渔火舞，唱晚送云霞。香米粗茶清酒煮，笛横颜落恨无涯。酣醉梦尤佳。

齐天乐·九寨遗情

满坡滚石惊黄鹂，啼鸣别枝乱舞。五色湖光，秋颜朱紫，尽失澄辉震怖。情遗翘楚。念造物天工，挂牵归去。未动真锤，复修池海举新斧。

妆容易改依旧，落斜阳幻梦，景回如故。残照林梢，又闻夜籁，谁懂呢喃细语。抽丝愁绪。望矜惜风貌，乃昔重塑。惊艳归来，怕飞鸿羡妒。

菩萨蛮·无绪

秋千微荡投清影。院深孤寂沉幽靓。眉黛弄娇鬟。懒慵妆淡唇。

际天飞雁去。未约归如许。又复怨还思。泪盈垂挣痴。

临江仙·秋波

春江风月垂空碧，桃花艳靥娇羞。蝶亲蜂吻恋回眸。未传芳信暗怀愁。

欲问仙台归住处，玉珠分付帘钩。还烦双燕约期留。画檐言语未知休。

扬州慢·金陵故梦

虎踞龙盘，华都民国，中山俯仰重兴。且精神勤奋，初心满谦兢。奈日久、存私腐败，儒巾推诿，颓废凋零。望宏图、纸上谈空，瞠目凌惊。

三民未醒，怅凄凉、诸众偷生。外资领风骚，工商熬苦，买办均羹。故旧依常流堵，峥嵘急、革变微更。大厦垂倾覆，岁辞乏力天擎。

画堂春·惜

桃红沁泪露沾襟。漏窗细雨愁霖。玉珠迷恋觅噎喑。英落哀吟。

花径暗香飘散，霓裳湿透风侵。娇颜憔悴漫鸣钦。瘦减惊心。

西河·冬眠

沉清冽。北风漫卷枯叶。寒潮接踵赴南侵，望梅傲骨。无边萧瑟雁声凄，物华休苒余末。

黛眉窄，苍凉阔。乱山双鬓霜泼。错迎十里玉龙吟，素妆淡抹。夜阑静寂缀烟岚，西垂困醉残月。

九霄乱舞梦艳雪。又春近、催离情别。吹彻阳关三叠。恋幽游、踏觅桃源，寻遍花浪红颜，迷庄蝶。

绮罗香 · 夜雨

　　垂泪倾书，罗衫溅湿，轻叩珠帘风郁。寒雾侵肤，缠绕梦思留宿。怅黄菊、飞落残英，念半老、卸妆昏夙。惜颜尽、欲住流光，朱唇腮粉画眉绿。

　　回溪枯浅又涨，愁载兰舟沉寂，尽漏连漉。叶底魂游，唱诵玉龙盈目。听棚鼓、印记深幽，叹飘絮、滚翻波逐。恋根底、琼液方收，润冰肌溟沐。

月上海棠 · 西府海棠

　　晓晨风扑帘栊挑。恰黄莺、枝梢戏嬉闹。倩影妖艳，正淡妆、玉姿窈窕。冰肌冷，透骨腴莹翠俏。

　　粉藏香暗蜂痴扰。恋蝶舞、媚飞尽妖娆。眉黛裳薄，念客骚、弄牵纤巧。眷春光，葱翠情钟未了。

醉花阴 · 春怨

蕾丝裙绿风裳薄。黛眉腮艳萼。沉靥漾清波，玉脂纤柔，倩影悠闲绰。

性随未琢余天璞。惆怅芳颜弱。愁漫泪飞横，金屋纱橱，未见东风乐。

烛影摇红 · 夜辞

清靥沉羞，拒霜憔悴辞朱颜。酒酣三醉梦情痴，难觅寻前缘。雾障暗藏媸妍。恨薄情、徐娘怒迁。团遮半脸，鸳镜风冷，影斜孤残。

欲晓浓妆，漏窗吹断衷肠寒。金枝玉叶瘦梢垂，飞泪珠倾弹。雨霁烟云无边。奈怯冰、琼花思还。更嫌闲弃，落满愁悲，寸心谁笺。

长相思·春

追东风。嫁东风。吹彻轻寒十里匆。朱颜粉艳容。

月朦胧。雾朦胧。念远清吟牵挂忡。笺书呼雁鸿。

太常引·南豆

醉生南国念时休。倩影艳娇羞。罗袖舞腰柔。恋腮粉、相思径幽。

望期采摘，放怀珍宠，藏妩媚明眸。金玉竞镶求。纵寰宇、天涯浪游。

忆江南·缘

平生道，期遇有缘人。窥觅香缠虚妙境，迷沉无量误乾坤。斜暮渐黄昏。

云似海，独自渡游魂。思致回来方度越，尘嚣归去几重轮。还叙享天伦。

玉蝴蝶·蝶梦庄周

倦蝶慵藏叶底，湿重雨靡，酣梦晴阳。似锦繁华，争尽娇艳芬芳。漫花海、点飘红浪，正吐蕊、沾粉馨香。舞飞忙。但听丝语，奇遇周庄。

徜徉。玄思异想，觉回虚羽，离别尘乡。荡漾优游，逍遥自在驭流光。渐新愁、朱颜恨减，怅来日、英落轻扬。断哀肠。未相期约，惊醒瑶窗。

武陵春·追风

随影追风慌乱逐，归隐去无踪。窥见枝梢弯自躬。英落艳飞疯。

借酒浇却愁更满，何处觅情钟。金笺无词寄雁鸿。泪盈漫忧忡。

玉堂春·驴友

独行徒远。垂帐泊然星晚。璀璨天穹，漫缀韶光。露冷风残，独向蛮荒寂，月影孤怀醉热狂。

惠勒道来陈事，囊中齐列装。峦壑寻幽，绝顶冰封雪，横玉龙腾耀炜煌。

陌上花·冬

丰华昨日秋辞,垂洗泪尘空碧。染点霓裳,沾湿菊黄曾忆。暮斜错剪相思意,馥郁蜡封甘蜜。记冰壶、冻彻旧珠香暗,玉梅魂魄。

想红英、粉黛蛾眉妩,独傲风寒忧恤。枯节苍枝,翠竹雪松霜柏。雁回落拂飞筝柱,弹怯秦楼孤寂。念花瘦、几弄吟音弦冷,寄怀怜惜。

归去来·三清凝

昏落三清天府。云梦飘穹宇。疑隐黄莺轻声语。方缥缈、欲归去。

霄九烟岚处。无相极、滞回愁绪。银河暗渡飞星雨。仙人怅、问期许。

十六字令·园丁

春。细雨娇颜沐锦茵。迎欢悦,喜看面庞新。夏。知了齐飞闹暑假。心扉敞,未恐惧身嫁。秋。叶落飘飞珠露流。无眠夜,不悔未知酬。冬。陋室孤灯亲治躬。牵寒暖,凤愿送飞鸿。

水龙吟·七七

卢沟晓月凄清隐,枪炮轰鸣声激。军民奋起,壕沟墙垛,浩然抗击。洒血沙场,宛城唱挽,泪飞珠滴。问江山子弟,何时觉醒,匹夫越、齐杀敌。

恨寇横刀天极。屠无辜、金陵惨恤。溃逃千里,西南趋避,雪峰山忆。怒发雁门,台儿庄雳,吕梁惊魄。漫秦川社鼓,青纱遮暮,太行寒碧。

好事近·幻

双雁碧空飞，万里追云腾跃。妆淡女红醉月，望享天宫乐。

银河横渡漂浮沉，游梦随仙鹤。镜国万花娇艳，恐怕期约错。

朝中措·银杏落照

金黄银杏叶纷飞。绚烂漫空晖。梦幻宫廷胜境，人间天上芳菲。

沧桑尽阅，流光未住，荒野遗稀。日暮云残空碧，斜阳落照痴迷。

沁园春·琼珠

南海珍珠，缀镶琼崖，浩渺水天。正自然乞巧，化工神妙，人间仙境，世外桃源。唱晚渔歌，翩跹鸥舞，迷醉金沙奇石滩。斜阳暮，恰舰归驻地，夜籁欣欢。

笛吟催晓晨喧。怕掀浪、新堤淹浸漫。尚埃尘泛起，噪声稀落，思倾涛寂，情寄洪湍。征远鹰雄，没深龙潜，迎客逍遥待港湾。和风细，更碧空雨霁，如画佳妍。

浪淘沙令·东北易

——国共东北决战

北出尽才英。不敌流城。溃崩千里梦中惊。鏖战四平争半壁，刀马难横。

帅变策随更。土改均耕。乡绅势去落峥嵘。枉有穷兵行黩武，日暮何成。

青玉案·秋思

春风未识芙蓉面。叹秋月、藏幽婉。直把霓裳牵满苑。涧溪十里，山峦望断。岚紫垂烟晚。

凭栏孤影思相伴。轻问流光住留返。步履龙钟搀手挽。晓晨嫌慢，经年苦短。更惧离心远。

柳梢青·秋寒

雨暮更阑。风轻珠露，叶馥香残。花径凄清，几枝黄菊，斜倚凭栏。

镜湖印落星溅。漫弱絮、纷飞玉峦。觑见山南，细弯钩月，还挂云端。

清平调·梦怀

湿透衣襟横泪流。云裳故旧掩愁忧。漫尘沉郁容颜去，恨教长酣醉梦求。

洞仙歌·相惜

听风呼吸，漫垂相思雨。未待春信燕双舞。念流光、留住十里痴狂，伴倩影，默契轻声细语。

忆梦中离别，无可偎依，来去问谁眷佳侣。一醒随心醉、海泼情倾，恋气息、奢言若许。数岁月、更吝惜如期，似蝴蝶、翩跹化飞花羽。

小重山·荷影

碧玉莲池魅影藏。正羞花掩醉、惹斜阳。觉来叠翠梦惊芳。想情语、遗忘坠柔乡。

纤指巧梳妆。罗衫飞蝶舞、暗留香。艳珠染透绿风裳。望幻月、相约劝瑶觞。

八声甘州 · 情付

把痴情托付与春风，觅十里琼花。菡萏朱粉秀，娇羞裳绿，绮丽罗纱。不恋瑶池清界，唱晚乐婆娑。醉醒心似海，齐奏银笳。

怜惜偎侬相守，暗香缠袖舞，飞浪天涯。雨沐珠润玉，倾爱煮芳华。漫幽谷、云山雾绕，看九霄、庐舍筑仙家。听莺夜、低吟和曲，笑闹朝霞。

木兰花 · 误

错弄雨珠垂粉泪。两欠若空心渐愧。闻欲去，问情归，待解愁绪同舟济。

朝暮未改非迟误。并蒂双携齐共舞。春风十里沐相思，且教酣醉飞花妒。

汉宫春·百年变奏

错嫁秋风，絮飞眉叶落，孤挂枝梢。西垂钩帘弯月，残夜寒刀。雍容华贵，看拒霜、尽享天骄。缀绿翠、万千一点，艳惊金屋藏娇。

白话冰霜摧急，百年辞赋忆，谁引风骚。堪当救亡明志，从众喧嚣。朦胧初醒，正迷茫、哄闹新潮。空碧秀、紫霞晕染，层云更上楼高。

双双燕·春辞

谢辞别去，漫梅雨霏霏，雪飘飞艳。谁牵燕燕，红粉落英轻掩。风软流光荏苒。想分付、莲池菡萏。潮田漾荡浮沉，十里金波幽澹。

清湛。芳菲尽染。缀翠绿荷尖，抹腮妆淡。际边孤月，唱晚露垂湘簟。回望春社鼓点。正响彻、云天霞焰。花浪映照银河，明媚耀芒潋滟。

兰陵王·雨思

追风雨。轻荡秋千独旅。随珠去，烟雾漫飘，庐结霄九落穹宇。逍遥觅归处。知遇。思相绊住，双眸盈，长恨见痴，对影翩跹伴飞舞。

抽丝幻云缕。堕坠入湖江，乐游鱼府。堪当化变珍馐煮。盛期入樱口，偷窥心动，寸肠脉涌露情愫。弄巧听谜语。

丰注。泪如许。付绒雪天垂，窗棂倾伫。纤纤玉指问花序。印梅挂梢枝，蛾眉轻舒。东君催暖，暗香溢，引芳绪。

天仙子·晓寒

为甚樽前花烛泪。未吱声言心已碎。西风吹裂玉珠帘，残月悴。孤影对。霜露晓寒摧欲醉。

六丑 · 桃花

正春风万里，恰绚烂、繁华斓颊。燕飞细剪，垂娇娆翠叠。锦冠蜂蝶。向赴前期约，寻追幽谷，欣舞翩跰悦。云空漫浸澄泓澈。燕燕莺莺，芬芳馥郁。馨香竞争飘拂。跃梅青竹马，迷揽天物。

红波浪缀。更相思雨沫。醉眼柔姿倩，情极切。离迷妩媚双靥。引蛟沉鲸海，雪肌羞月。方眉黛、粉腮妆抹。珠玉露、打湿寸心暗动，泪丝倾泼。晴阳照、霄九云沸。念艳骨、窃胜莲池洁，神清意惬。

桂枝香·金陵梦碎

中原逐鹿。记三民主义，总理遗嘱。筑梦金陵故国，九州兴复。强军实业新生活，念初心、内外慎肃。各方资本，繁荣光灿，泥锅糜粥。

正十年、东瀛灭覆。恨晓月卢沟，又再屈辱。决战淞江，不敌日魔魂哭。炮枪未铸英雄苦，血凝秦淮泪飞瀑。泣抽无助，悲歌声中，务虚求独。

破阵子·幻月

——吊李白西江拥月而去

银汉漏倾飞瀑，西江玉练狂流。醉梦谪仙吟唱彻，飘影金樽欲恣游。剑魂邀月留。

太白迎波袖舞，素娥垂镜沉浮。盼倩娇颜虚幻隐，凌傲丰腴藏邃幽。一牵尘海休。

花犯·菊

鬓烟霞，铅华绽放，纤柔玉丝荡。素娥羞藏。何与竞春颜，孤影矜赏。西风霁雨垂清畅。闻莺晨晓唱。正媚悦、铺金满地，花黄腮艳享。

东篱摘采染云裳，容娇缀亮节，牵思桃浪。香袅绕，方痴醉、茗汤甘爽。珍馐宴、夕餐坠露，延年岁、忆神农浸想。把黍米、落英漂叶，沁芳心醇酿。

青门引·杏花

破暖吹梅坠。笼雪艳芳寒翠。东风万里扫春潮，甘霖雨露，满鬓缀珠蕾。

娇颜素面惊琼蕊。梦餍沉思醉。树梢一夜花放，漫枝凤眼藏妍媚。

唐多令·暮秋

月冷碧空愁。西风摧絮游。望眉山、隐影烟收。面靥拒霜黄菊瘦，怨对眼、恨回眸。

细雨坠英休。沾襟倾泪流。恋枝梢、疏缀残留。湿透碎心孤傲去，怅梦里、错春头。

大酺·双清别意

聚汇香山，深幽谷，双眼溢滋丰润。皇家尘旧故，梦追馐物处，感泉清引。峰袅炉烟，龙藏虎卧，问鼎胜如尧舜。人望西北近，渡江扫淤浊，弃抛灰烬。建国劳贤明，探筹方略，适归聪俊。

古松听法峻。正欢悦、诚笃付虔信。念匡复、和平福满，夫病康安，盼年来、雨调风顺。与共迎强盛，记苦难、拒还横躏。但莫忘、长洁慎。兴业百待，治国齐家重振。意垂相携奋进。

长亭怨慢·送菊

正风劲、残英落尽。霜浸憔悴，满地谁悯。冷月孤星，影疏沉寂暗遗恨。泪垂来去，怜顾惜、藏私隐。揉断寸心伤，劝莫葬、天涯飞粉。

惭愤。怅娇颜退减，缀点徐娘双鬓。满园荒坠，漫愁怨、瞬时荣陨。恋方艳、倨傲秋黄，奈寒苦、纤尘幽困。念破璧回归，泥润馥香淹蕴。

卖花声·不忘

石库始源渊。雨润红船。初心未改忆艰难。欲再复兴强国梦，曾立宣言。

想万里征鞍。勤政民安。长城铸永记铭镌。丝路多赢同命运，共进齐肩。

御街行 · 盈缺

为伊曾惹翻天绪。尽把寸心付。朋亲难舍欲倾抛，还信错飞泪雨。如期堪待，未言先泣，谁忘留春住。

凄清夜静愁千缕。襟湿无依诉。孤帆远影觅归程，险坠落垂身误。恋情无计，牵思何度，盈缺沉亏负。

相见欢 · 错约

曾寻梦里相思。却参差。错约知期离乱、落怜悲。

漏窗影。醉方醒。月西垂。晨晓露寒侵骨、冷风吹。

琐窗寒·秋高

冷月长空，悲凄木草，物华休苒。垂尘坠絮，金镜星浸云淡。漫宇穹、寂静透晰，苍凉爽适萧疏澹。暮秋寒吹劲，泓澄蓝碧，雁南归念。

登览。风光揽。露珠渐凝霜，错听轻憾。芙蓉花谢，紫菊妆浓清减。叹容颜、憔悴英遗，孤芳独缀辞娇艳。恋玉龙、梅印梢枝，馥郁藏香暗。

高阳台·西湖秋绪

红藕相思，绿荷翠染，娇颜菡萏风裳。十里莲花，浪飞水麝波扬。露细拍岸寻踪去，恰西风、叶落疏黄。恋秋思、欲劝年华，念记清苍。

苏堤灰鼠沉欢悦，断桥斜阳晚，游影徜徉。印月烟岚，画船淡抹新妆。玉坠珠翠垂环佩，叹宝光、缀满倾狂。探幽深，金栗馨香，空碧星藏。

东风第一枝·牡丹

丽娘藏香，寒生游梦，梅闲花径沉艳。偷窥靥面雍容，暗拂含羞电焰。华年富贵，正娇颜、罗纱轻掩。漫卉茵、七彩芳菲，云鬟坠垂星点。

看洛苑、国色洇染。恋相思、倾城何犯。纤柔萼瓣檀腮，粉黛浓妆眉淡。流光荏苒，问蜂蝶、呢喃谁念。恰绚烂、堪摘花魁，映照碧空澄湛。

东风第一枝·翠绿

辞谢繁华，翠迎青绿，东风欲去追念。莺巢缠借阴遮，叶底蝉鸣声掩。乌嬉飘柳，引雷惊、雨丝轻点。泄涌潮、拍岸泥浆，蓝碧照空沾染。

痴蜂觅、遗蜜薄淡。迷蝶寻、余香攒敛。黛眉腰细华平，佩兰钗环玉嵌。暗馨藏隐，正雍容、枝梢芒焰。恰润泽、过草流光，漫野淹娇歆艳。

解语花 · 春餍

才休又说，浸润香沉，樱口半惊掩。醉轻
淹冉。正凝眸、羞对幽光潋滟。桃腮杏脸。似
风月、娇如菡萏。望翠琼、珠戏荷园，花浪情
倾泛。

风裳魅影香暗。透冰肌纤指，玉液潋澹。
春思霞染。怕寸心、轻负芳华媚艳。牵丝眷
念。把醇酿、金樽酒蘸。且觉来、如海呢喃，
梦回云霄淡。

解连环·北斗三

七年之限。电联规则急，恐防牵绊。正紧关、穹轨资源，二号斗，腾升引航频战。繁衍珍珠，望成串、幽游空瀚。把全球盖覆，定位密多，散布桃眼。

双星突飞一箭。撬针金线隐，缀环天链。对影孤、千万情思，量子纠缠波，太空相伴。峻岭荒原，纵四海、逍遥身远。待如期完满，惊展笑颜烂漫。

六州歌头·决战

几间土屋，军帐座平山。临峭涧。藏翠幔。仰窗轩。俯赤寰。乐五台签侃。油灯盏。丝芯炫。青石砚。书辞晚。磨盘桓。斟酌细敲，涂改陈期满。夜月轻眠。照身挪影恍，露冷晓晨寒。忘食星阑。紫烟弹。

岁前思远。棋相绊。围锦战。傅煌牵。连轴转。摧梦断。电飞繁。网难编。巧调无函柬。平津剪。跃千鞍。三剑展。齐心碾。灭凶顽。逐鹿中原，锐冽风席卷。酒煮烹煎。漫江词朱赤，泪血洒山川。地覆天翻。

注：解放战争三大决战。

钗头凤·无助

回眸怨。抬头潷。夜深斜月低声挽。柴篱屋。茅棚宿。几世冤家，尽倾淳笃。

丰腴俏。雍容窈。薄飞霜鬓辞年少。思相惜。悯怜恤。期约如许，盈樽泪滴。

渔歌子·惜

雨霖霖，檐下滴。劲吹梢树吟啸笛。心念藏，思意密。揉碎天涯浪迹。

抚断肠，怜悯惜。客流离缺归还席。风裳绿，环玉碧。酣醉寸心胜昔。

苏幕遮 · 又好

欲轻辞，风卷起。霁雨方晴，憔悴还矜持。细语倾听相负倚。万缕牵丝，缠绕寸肠里。

断情思，飞泪止。如海谁辜，无极藏天机。娇艳堪护垂绽蕊。期燕春归，缀万红千紫。

凤凰台上忆吹箫 · 夜莺

满苑残扬，落英声泣，漏照树底斜阳。渐夜幕、凄清月影，香溢幽芳。鹂吟莺鸣唱晚，惜艳雨、摧惨悲凉。珠帘卷，馨逸暗拂，风雅微妆。

飞絮漂弦微颤，天籁荡，九肠缠绕难忘。盼来去、银河跃架，时日相望。不教鹊桥空待，任思恋、浸透朱裳。唤春再，枝梢缀满花浪。

望海潮·浦江兴盛

飞升凝望，明珠璀璨，凌空勾画天骄。惊慕秀奇，神工鬼斧，滩涂一夜重霄。挥洒巨魔雕。白练舞锦绣，迎引英豪。破浪神驰，狂潮独领竞风骚。

东西南北蓝桥。越腾寰玉宇，雄振迢遥。期货世资，才思汇聚，融通财富新潮。更一路相邀。经合同与共，友善邦交。海陆双栖物尽，兴鼎盛妖娆。

丑奴儿·词情

梳妆淡抹花间住，金兽香熏。鸳镜唇纹。粉黛朱颜腮扑频。

经年梦醉修词阁，酬唱书筠。顺韵奉遵。春去秋寒细耕耘。

谢池春·婚照

二九芳年，纤指玉肤惊雁。正风华、贞闲曼婉。频繁窥镜，皱眉斜飞眼。怨来迟、伴牵催晚。

晴阳弄好，日丽艳娇和暖。看柔姿、丰腴贵满。轩昂才俊，共婵媛娟倩。比仙眷、独钟情恋。

绮罗香·夜叹

细雨垂花，痴蜂恋蝶，粉湿轻烟辞诀。艳落清溪，低泣泪催倾泼。漫词字、缀满还羞，怕笺卷、追迎难惬。怅慵懒、瞬去流光，情思梦呓恨余缺。

西风回雁未信，芦荡微波漾皱，穷秋残月。雾罩巫山，骚客九天云歇。望三界、戏弄尘凡，惜乱度、意归无节。漏更切、堪待何时，解愁忧郁结。

更漏子 · 花园口

决花园，淹日寇。万骨孤魂归咎。青纱倒，漫泽湖。泪倾千古枯。

黄土覆。飞燕哭。人命草菅亵渎。茅屋倒，破车休。何寻残梦愁。

风光好 · 竞龙舟

好风光。抹浓妆。近午骄阳弄耀芒。柳轻扬。

鸣锣鼓点喧嚣闹。齐声号。飞箭争先尽放狂。奋拼抢。

忆王孙·兴

王孙自古费蹉跎。豪杰英才残缺多。盛世贤明细琢磨。不拘科。务尽知期除百苛。

醉翁操·幽思

无求。争留。风流。竞堪休。消愁。云霞漫飘轻悠悠。溅落溪水浮游。谁与谋。飞浪泼兰舟。艳雪飞花遗碧洲。

满天露沐，青竹尊优。谷深玉润，茅屋闲孤笃修。酒煮香焚还酬。且喜蝉鸣寒秋。耳充喧闹啾。声吟丝弦收。纤指拨怅惆。问君何处牵斗牛。

九回肠·秋

九曲回肠。还恋心苍。费思量。牵断缠丝绕，念思情未了，无眠晨晓，尘事难忘。

青草枯荣辞岁，泪珠坠，透冰凉。露摧妆。满树飘残叶，恨卷金黄碎，暗香轻漫，谁换新裳。

捣练子·舞

泼墨舞，淡腮妆。粉艳娇颜香暗藏。团扇半遮娟秀雅，媚眸斜睥漫飞扬。

梦江南·痴

千般恨，满浸素绡辞。沾上相思飞泪雨，漫淹心碎弄狂痴。惊梦又谁知。

凤箫吟·怜

草春青。氤氲送翠，年辞旧故常更。雨飞倾润玉，暮烟风细，弄舞竞雄横。映霞空碧照，漫屏山、纷乱旗旌。坠叶落秋黄，夜霜满地虚惊。

云觥。雪飞霜鬓，万千丝白，鸳镜残英。泪垂轻隐去，渐娇容易老，倩影珠盈。望云天四季，悯苍生、修短孤零。奈醉酒、知期待觅，圆缺相迎。

采莲子 · 莲姑

玉子莲蓬沐雨中。露垂珠润弄清风。翠摇剪影痴心醉，缀镜涟漪借酒疯。

过秦楼 · 征尘

望断天涯，烟峦深处，雁来归去声淹。日暮千波荡，九曲别芦残，雾罩秋岚。漫絮雪濡沾。正风寒、欲与商谈。越飞三千里，湖平沟壑，寻觅窥探。

想万山夜月、凄清照，宿投梢树隐，飘落孤尖。声细言轻语，恐防惊兽觉，睡醒浅酣。晨晓竞翱翔，恰阳轮、碧玉空蓝。伴星光剪影，长忆绒花，牵梦江南。

桃源忆故人 · 错过

际天望断芳草路。烟霭斜阳秋暮。雁字回时无语。未到佳人处。

飞花落尽何寻汝。欲寄浮云难住。听雨三更觉苦。恐把春来负。

荷叶杯 · 冠桂

冠桂御封分付。称誉。闹良宵。满心欢喜巧如许。寰宇。笑尘嚣。

天净沙 · 评

都道天理难容。未知明目词穷。巧弄虚名郁忡。震惊忧悚。信言遗弃初衷。

三台（大曲）·荷

　　望清凉妆淡绿染，问寻藕花深处。水满池、正菡萏韶光，漫飘下、尘烟泥淤。芬芳艳、粉黛眉娇妩。想玉醉、凌波遗步。际天远、香冷馨淹，奈掩隐、还惹春妒。

　　水宫仙子蝶梦幻，漏却尘丝千缕。过十里、柔媚笑青圆，怅觅向、情思谁诉。风骚客、偶见不时雨。珠露泄、银河琼宇。念碧秀、翡羽霓裳，漫云荡、万般遐绪。

　　借盘莲鞭解错节，恋迷会期坡浦。忘痛伤、涕泪泼滂沱，但知未、倾心如许。狂痴沐、翠蓬萦系住。把挂牵、晶结甘苦。恨羞月、疑忘胭红，怕鹏霄、又藏幽愫。

浣溪沙 · 白描

霜鬓樵夫弃砍刀。丹青飞泼舞狼毫。弄闲梦里醉花雕。

斜看夕阳妩媚娇。正思晨晓绽妖娆。夜深孤寂度良宵。

眼儿媚 · 无尘

飘海云飞落千尘。题字叶寻根。流红未醒，翠禽又醉，几度逢春。

梢尖舞动寒蝉泣，余泪点遗痕。菊黄缀满，蓬青玉老，昏自眉颦。

生查子·梦

千言欲笺书，未语牵丝泪。飘溅付流觞，迷惘还轻醉。

遗渍翠罗绡，对镜愁忧悴。依旧上层楼，抹妆为谁媚。

生查子·云鬟

扎发几重来，双臂成心绾。红绸断愁肠，欲结柔轻捻。

颦眉泪沾襟，醉枕孤灯晚。残月夜风寒，燕去留悲婉。

喜团圆 · 春暖

春江柳畔，兰香玉润，风沐垂阳。云丝碧蓝藏娇艳，弥空漫浑芒。

掠飞双燕，蜂痴蝶扰，梢树新妆。稚童暮老，衫衣暄暖，享乐安详。

忆秦娥 · 相思结

相思结。金笺吩咐千层叠。千层叠。万缕愁绪，一日亲谒。

鹊桥暗渡堪称惬。风清夜月情欢悦。情欢悦。玉龙吹起，梅印飞贴。

感皇恩·菜园

撒种问天时，小村楼旧。闻故闲愁伴星宿。相邻把式，一笑绿红都就。竹篱遗菊翠，黄昏后。

呓语梦幽，妄言对酒。幻镜牵思觅穷宙。月残夜寂，未觉云飞霄九。才收几片归，自还负。

莺啼序·遇见

——故宫博物院

朱黄廊画，缥缈挪移，倩丽迷娜裒。时曾梦沉幻境，觅寻追旧貌。漫飞舞、雪溅绒花，踏印晨晓朝早。恰阁暖、沉香缭绕，烟清目醒垂宸曦。未吸吹膏片，怕人错颁银诏。

魅影凌波，绮罗锦帛，后宫柔姿窈。想女侍、眉黛风裳，鬓云金钗瑰宝。看妃嫔、佩环御赐，念恩宠、丰华铮皎。夜黑长，怨隐声咽，院冷孤矫。

红墙碧瓦，汉白危栏，眷恋天工巧。忆阜盛、升平歌舞，永乐四库，远海归航，竞争妖娆。翘檐走兽，攀高阶玉，留遗多少悠闲语，尚流芳、乡野传夸傲。

神游马可，杏眼醉里回眸，望断层楼城堡。惜故旧、流光渐老。昔日威仪，缀满琼珠，凄美姣好。温情蕴聚，吟音咤噫，容颜未改胭脂去，抹心酸、飘坠夷喧闹。斜阳晚照空芒，梅落馨香，粲然华耀。

霓裳中序第一 · 桂花

甜乡腻味彻。叶底层楼藏梦靥。碎玉镏金聚屑。宝光汇翠笼，耀华稠叠。天垂馥郁。苑外幽深觅欢悦。菲芳引，珠英花径，一夜坠飞雪。

倾竭。颦眉黛泼。怯妖艳、淡妆厌抹。沾襟寒夜露沫。泥润流馨，茗甘神惬。浸沉香沁骨。渐幻隐、风骚昧没。归宫去，冰壶琼液，对影醉离别。

倾杯·喘息

雨暮烟岚，远山眉黛，青涩玉润梅子。觅迹恨失，径窄路远，落尽尘吹碎。溪涧叶底沉幽独，恋暗香憔悴。留遗倩影，追梦去、叠跃莲池苍翠。

肆意。逍遥自许，竹篱茅屋，怜惜缘随喜。欲问寄金笺，天工何日坠，三餐珍旨。燕燕莺莺，琴吟箫引，舞霓裳罗紫。念轻侈。方觉醒、湿襟流涕。

三姝媚·金陵怨

莫愁曾记意。望谢家巢归，燕回宫紫。欲偎中山，虎龙相盘踞，建功奇伟。十载匡时，但金屋、藏娇奢靡。歌舞秦淮，酒绿灯红，失迷珍侈。

推诿沉浮梦美。架构假空图，弄虚争技。离乱权谋，外主成方略，信言和戏。苦众流离，更国弱、兵民轻备。谁怨东瀛强敌，残戕玉碎。

阮郎归·稼轩叹

樽前巧见遇稼轩。黄沙古道原。羁留千里梦还辕。北归去向阑。

几回觅，醉愁烦。朝云暮雨翻。瓢泉叶落处艰难。疾风夜更寒。

夜半乐·匆匆

际边望尽霄九，红黄浪泛，烟霭眉山外。润湿碧空明，雨停阳霁。蔓延万顷，流光旖旎。踏青蜂拥声喧，锦罗端丽。漫倩影、霞腮映千紫。

不争窈娆粉艳，斗竞矜持，玉姿柔美。凭饱绽、芬芳浓妆含媚。嫁东君去，追风掠隐，树前舞弄羞娇，醉牵珠蕾。且疏放、优游伴花醉。

淡抹遮远，十里熙和，满天云绮。纵笑靥、欢颜悦能几。怅年华、繁茂月岁春更易。方鬓白、对镜倾余泪。浸黄梅子留葱翠。

最高楼·梅红

梅萼绽，一夜满枝梢。笑靥漾余娇。雪花飞舞相思绕，暗香流溢寸心撩。晓晨寒，珠露沐，玉冰雕。

料峭急、冻封藏傲骨。渐凌冽、醉壶心绻结。丰腴健、瘦姿腰。箫吟掩卷闲愁夜，玉龙吹彻度良宵。黛眉妆，春意妒，最风骚。

南浦·天象

北极薄纱缕，缀佛光，彩虹齐舞熹烂。馋日食斜阳，方痴醉、浓抹淡妆延漫。呈祥紫凤，碧空游荡京城晚。星轨奇神斓五彩，醉梦艳芳西苑。

云叠如絮牵丝，记富士、峰峦层楼掩卷。电闪响鸣雷，银河坠、群山静默风乱。熔岩混漫。火烧云照如初绽。蛛网冰花千点结，全食九霄轻挽。

六幺令·茶禅

　　绿黄红白，普洱青乌黑。满壶汤色浓酽，叶细呈清碧。陆羽生花妙笔，骚客迷魂魄。茗香琼液。令飞团宴，怜悯知相互明恤。

　　四季霜风禅语，寡欲倾心极。豪饮鉴品浮沉，聚雅兴谦抑。温润回甘畅惬，幽静渊弘益。道谋矜惜。紫砂长蕴，隽永藏思久还忆。

忆旧游·墨引

正初开混沌，一抹浓情，墨泼虚影。剑舞弯弓射，引柔姿婉娜，幻化萦映。光阴点滴年岁，尽浸入无剩。掩泪水中痴，挥毫盈笑，方寸余兴。

佳境。玉龙笛，吹彻梅花落，梢满曾景。未稳辞归去，字飞升腾跃，随笔摅骋。香袅孤伴残月，印黑白幽静。独钟醉兰亭，纤丝缠绕寻梦境。

注：改为仄韵。

盐角儿 · 行韵

轻吟令曲。诵吟令曲。声言遗郁。樽前对眼，樽前对酒，故人凝目。

晓晨霞，黄昏烛。悬丝问弦音矜独。且疏放、狂歌唱彻，心畅漫飞冰瀑。

古调 · 吊唁

——致余光中

轻叹。轻叹。洒泪江河敬挽。支流血脉乡愁。华年隔海怅惘。惘怅。惘怅。残烛余歌晚唱。

忆少年 · 追梦

少年知浅，少年呓语，少年痴梦。悠然恋来者，拂掠春心动。

鬓白飞霜沉懔悚。算玉龙、彻吹梅弄。牵来彩虹舞，唤几声哽恸。

竹枝 · 旗袍秀

流光笑靥，黛眉妆。旗袍粉艳，袖藏香。

阳关曲 · 归

望期收步出阳关。淹漫霜凌苦御寒。独孤剪影伴痴雁，吹落平沙曾梦还。

潇湘神·弦禅

纤指弹。纤指弹。绕梁音隐又更阑。语塞独孤残月夜，蛾眉妆懒渐衣宽。

贺新郎·方舟
——记AG600首飞成功

水陆双栖跃。正逍遥、一飞冲天，约邀仙鹤。长翼飘悠轻舒展，羽裳风朴。更奇貌、金刚俊壳。踏雪冰刀锋破浪，入海涛、游伴蛟龙乐。明月揽，岸礁泊。

吐珠火熄吹昏浊。望九霄、吞云雾漫，雨淹露落。轰嚷声过消烟枭，抹去魔星灾虐。又回首、抛牵救索。苦痛留遗催勃发，渐绳纠、待赶超容错。齐力奋，铸魂魄。

八六子·错听

滞枫林。缀红枝满，回沉叶底留音。怕燕语呢喃减漏，雁信传时误解，徘徊字遗觅寻。

黄莺听错差参。斜暮雾弥哀怨，晓晨雨淹愁霖。漫梅院冰寒，西窗霜冷，黛眉傲骨，粉颊骄侵。犹还似、凤啸悬丝擘抹，龙呻声断瑶琴。叹悲吟。年华去来古今。

摸鱼儿·祭

近清明、雨沉风露。黄泉陪侍归路。送亲哀父笼中宿，心颤泪珠倾注。听哭诉。正泼瀑、河潮飞涨船难渡。奈何又误。怅问忘情桥，若惊魂魄，叩首退阳住。

曾拉手，力尽还留救护。流光轻易辜负。无边幻境回穹宇，落寞际天遗步。昏未顾。尘事去、烛明牵记余分付。容音镇驻。新火更重燃，枝头草绿，叮嘱忆如故。

桂枝香·古镇旧韵

时光碾没。漫雾霭妆留，商队遗契。宽窄街横纵蜿，玉珠残物。石沟墙黛青灰瓦，忆风骚、往昔蓬勃。小桥溪细，参差木屋，烟霞飘拂。

想摇船、吱音渐歇。看酒绿灯红，淡墨飞泼。慢袅炊烟，瑶境隐香浓郁。雨帘听窃闺房语，月弦窥视粉腮颊。云摇水寨，流波涌动，引蜂花蝶。

花犯 · 香樟

漫香弥，熏衣层染，雕龙凤飞阁。影阴街
陌。还伴醉非花，郁馥淹廓。冬寒绿翠如期
约。空遗题字箔。恰瘦减、叶垂骚客，梢头迎
别鹤。

金笺玉钿箧箱藏，虫蛾避远退，颜消尘
朴。凭阅尽，承千载、味浓情薄。相思系、棹
舟岸泊。残夜望、挂牵惊晓魄。念自在、愁心
揉碎，散汤浑化浊。

青门引 · 春引

瞬息春飞去。遗漏牡丹园处。柔娇弄巧夺
花魁，无边叹赞，国色恰如许。

雍容富贵倾城慕。落满相思雨。暗抛玉露
珠泪，月清照影愁千缕。

大酺·梦荷

望断天边，清凉处，圆翠细风微拂。蛙声藏径曲，晃影斜落照，幽游千折。恰整雍容，低眸欣慰，未尚娇颜轻别。红柯飘香暗，夜来空无极，醉酣迷月。正水荡金波，坠星映浸，鬓云飘曳。

看九霄浩阔。怅人远、长念离思切。怕突见、蕾花含泪，翡绿飞珠，但心知、着惊欢悦。奈银河万里，又悬隔、恋相倾竭。恨期约、才芳歇。馨馥易去，尺素题书还缺。幻虚欲化梦蝶。

定风波·醉酒

慵倦楼台听雨霏。笑啼黄鹂展愁眉。催觉醒来原故旧。春酎。千盅佳酿莫辞杯。

润玉冰壶吹滴漏。辰斗。五更空碧月西垂。弄乱襟衫沾满袖。湿绣。惺忪醉眼落孤悲。

疏影·木芙蓉

风裳绿影。正西风急卷，明月清静。幽独拒霜，枝挂双花，妆淡娇容轻靓。无言媚艳春风妒，想华贵、牡丹争竞。惜落孤、嬉戏徐娘，魅妩素颜相映。

畏恶深寒冻怯，把情抛意去，心痛谁惺。缀点庭前，蝶引蜂痴，冷面靥文晶莹。梦寻追逐穷秋晚，恋阳暮、醉三方醒。又彷徨、玉笛梅声，吹剩几番光景。

双双燕·归栖

海潮涌返，正黄埔江波，映天朝霭。争相竞技，尽展俊雄文采。靓女如云厌怠。渐明晰、相知风采。惺惺惜悯如期，望诺光环齐待。

疲殆。经年半载。怅易逝韶光，溜烟飞快。问奢轻侈，欲与跃高枝赖。怕拍岸、留洋回濑。延绵不住春愁，掀起浪涛澎湃。

扬州慢·秦淮恨
——祭南京大屠杀

燕子沉眠，中山惊醒，乌衣巷外呻吟。刺刀飞雪漫，悲戚血淫霖。纵自卫、吴淞鏖战，雄浑英魄，擂鼓鸣金。奈先衰、歌舞楼头，藏鬼森森。

无言夫子，任萧萧、空寂幽禁。怅前夜灯昏，摇篷庭曲，红绿寒浔。泪洒雨花玄武，船帆忘、浦口难寻。恨东瀛魔魅，屠城竭尽行禽。

高阳台·扬花

　　易老朱颜，纷垂艳粉，漫飞飘洒香风。尘网孤旅，恨春乱剪云空。寻游万里追妍影，奈无踪、谁解迷宫。落忧忡。未恋牵思，但念情浓。

　　微茫道里曾清梦，想鸿惊奇遇，讨巧相逢。醉喜离鸾，瑶台幻境昏蒙。骚姿错弄还期远，碎心残、满缀愁容。去来匆。怕把琼觞，问酹高穹。

解语花·石榴

朱唇小口，染尽晨霞，遮藏蕴千子。树梢珠蕾。渐丰腴、层孕奉呈祥瑞。蝶辞瑶蕊。满腰腹、柔姿影魅。叹岁华、剔透莹晶，琢璞芳心缀。

灵秀无瑕青翠。墨泼山水秀，雍容甘贵。艳妆痴醉。漫垂枝、寄约如期诞喜。流光丽紫。更欢悦、玉堂姊弟。念晚秋、欲解贪馋，忆苑游幽美。

雨霖铃·残秋

秋深渐冷。雨停初霁，晚暮千顷。枯黄萧瑟尘满，西风烈卷，扬飞豪骋。不忍登高望远，掩迭嶂昏暝。正燕回、檐下呢喃，落幕斜阳映孤影。

菊黄插鬓应当景。怕馨香、独自藏幽径。嗅闻品鉴香茗，恋猖傲、探寻娴静。露降珠霜，残梦流年，觉来余醒。想月娥、媚靥夭妍，秀澈垂澄镜。

钗头凤·春怨

东风累。桃花泪。雨收娇艳青葱翠。残萼
舞。露珠数。病酒长醉，碎心烹煮。苦、苦、
苦。

痴何止。藏银纸。渐宽衣带声憔悴。思如
许。梦中语。酣睡缠扰，镜中迷雾。误、误、
误。

苏幕遮·红豆怨

寄相思，珠嵌玉。雨滴声咽，未见君来
哭。三拜盖头飞泪烛。情托银簪，吩咐牵宵夙。

送花轿，心湿瀑。忧悴斜阳，唢呐鸣声
逐。戏笑笺书何侵渎。香馥残沾，漫暗空悲郁。

陌上花 · 清韵

梅香暗自飘遗，桃艳雨帘垂粉。弥雪梨花，莺老暮春愁愤。泪流几度孤眠夜，病酒悴腮悲悯。渐清晖、绿淹翠消朱碎，落英魂引。

算柔轻、广陌连天处，漫卷无边归隐。碧浪烟波，费尽量思私忖。独留菡萏千迭举，飞渡流光残恨。恋枫红、野菊芙蓉酣醉，兑勾清韵。

玉堂春 · 牡丹

萼开心醉。妩媚艳娇沾泪。色秀天香，绚烂缤纷。踏破西园，富丽倾城闭，窈陷痴迷勾落魂。

锦绣三千华贵，春迁遗拂尘。露沐珠飞，玉脂凝肌薄，尽淹余馨溢酒樽。

醉花阴·别恨

一别百了辞却去。弃抛孤独处。顾恋眷凡尘，约断残生，挥泪轻飞渡。

恨长浑噩无归路。咫尺天涯伫。白烛引黄泉，苦境虚空，泣送仙踪步。

武陵春·仙界迷踪

仙台雾迷峰叠隐，剑石入祥云。对面方知南北邻。鸟语乱思闻。

崖前断桥涧溪渡，回顾问来痕。幻境飘飞弄晓昏。归梦遇惊魂。

忆江南·贵妃醉酒

清如许，圆月印池中。玉润冰肌妆欲淡，朱腮眉黛落惊鸿。惶窘醉仙翁。

忆江南·梅玉情

痴缠吻，蜂蝶恋遗馨。凝玉冰肌珠露滴，娇颜藏去暗嗟惊。飞泪落伶仃。

残月冷，酒病醉兰英。花去香残心欲碎，尽倾烟墨泼丹青。纤指弄新晴。

扬州慢·春来

芦苇飞飘，浩渺浜荡，迷湾十八回肠。漫无边天际，绿翠掩悠扬。正斜暮、烟波空碧，鹭啼鸣哮，鹰逐掀浪。渐风清、月挂梢树，倒影灰墙。

春来茶烫，忆胡刀、智斗真藏。巧妙隐兰舟，青纱鱼米，无恙伤康。奋起兵民同忾，齐横扫、敌寇仓皇。引霞光金灿，送迎漾荡云裳。

长相思·赤子情

——记数学竞赛史上最玩命的"赌徒"张筑生

说清音。听清音。倾铸雄魂谁拜金。有依凭指针。

孺子心。赤子心。后辈成长自重任。堪民族畏钦。

画堂春·竞渡

龙舟又到竞争时。未知弄巧差池。粉腮红颊壮兴师。欲夺旌旗。

不让须眉豪举，铿锵巾帼柔姿。玫瑰娇艳占高枝。罗汉无辞。

乌夜啼·匆匆

梦里寻踪迹，回眸泪眼归思。风裳幻影花伤透，揉碎醉狂痴。

日暮斜阳照映，怅然错约佳期。靥沉浅笑莲池漾，留住夜孤悲。

瑞龙吟·灵山虚界

登天路。阶玉万丈烟岚，九霄穹宇。清风细沐凰吟，茅庐幻影，仙居洞府。

觅奇旅。阡陌纵横无极，落愁踪绪。依随蜓蜿魂惊，才疑何去，梵音归处。

前问樵夫庭院，似曾相识，旧年离墅。残卷半幅珠帘，香茗轻煮。颦眉光景，待欲言追叙。方惆怅、婆娑迎换，笙歌曼舞。隐吠陀私语。放空浊念，尘封泪雨。漫约期如许。声渐远，蓬莱缀飞霞缕。雾垂暮晚，梦思度苦。

南歌子 · 归燕

慢舞南归燕，双飞告别离。呢喃细语约如期。十里春风雨沐、秀妍姿。

长夜蝉鸣苦，秋寒露上枝。相邀同醉莫轻辞。正待芳华绚烂、为情痴。

太常引 · 谷雨

繁花幽谷雨声倾。吹飘卉英惊。漫绿渐梅青。正春涨、闻莺劝耕。

溪清土润，少晴迷雾，破晓乱鸡鸣。不觉岁峥嵘。正梅小、知期错迎。

风入松·绿风裳

暮春吹尽付莲池。空碧烟垂。风裳翠绿腮红粉，渐丰腴、纱透重帏。飞絮轻沾雾湿，丝青黛墨胭脂。

藕香泥馥欲藏痴。根恋花魁。雨霏露滚荷圆荡，漫珠扬、玉润芬菲。清韵水腰曼舞，蓬莱魅影蛾眉。

少年游·寸草

秋寒云碎露珠盈。坠雨雁鸿惊。风裳飘起，香尘归去，残绿缀芳馨。

疏黄流光斜阳暮，见野火重迎。燃尽寸心，梦遗青翠，来岁恋春生。

西河·民国旧事

民国事。几多风雨堪记。偷天换柱搅乾坤，北南乱帜。忘遗嘱咐念私藏，秦淮欢悦奢靡。

忘蓝图，沉废纸。务虚买办惊喜。列夷相庆割分忙，一贫又洗。只知狂造汉阳枪，东瀛烽火邪诡。

救亡十载坠蠹毁。将军泪、挥洒瑕累。未醒病夫谁悔。恋裙钗、钿缀蛾鬓，红瘦绿腐还愁，尊前位。

高阳台·西子斜阳

日照西斜，波光细浪，碧粼银镀金镶。影落桥孤，柳飞莺隐秋凉。莲蓬孕育含珠玉，漫眷思、欲待流芳。更风清、罗袖香留，眉妩蛾扬。

无边天际霓裳舞，夕阳长倒映，漂染澄黄。妆抹三潭，兰舟游荡归忘。雷峰塔沐浮光去，渐霞残、鸿雁回望。引龙泉，湖镜空蓝，缀满星芒。

鹧鸪天·惊天一运

太行山深迎美军。黄沙跑道隐山村。往来飞渡倾相助，抗日联盟建世勋。

统帅急，借鹏鲲。满机星将寄鸿钧。险棋子落千斤重，尘事长宁惊梦魂。

解语花 · 花语

蔷薇百日，石蒜花簪，虞美人鸢尾。刺槐金紫，天堂鸟、伴牡丹花雪荠。蕙兰散绮。依翠菊、常春藤悔。黄蜀葵，彼岸花飘，橄榄丁香蕾。

芒草玫瑰冷蕊。满天星唐浍，文竹栀枝。太阳光晷。风铃草、卷耳串铃花缀。勿忘我媚。虎耳醉、矢车菊美。百合馨、武竹黄杨，附子莲花卉。

捣练子 · 袖红

红袖舞，紫飞蓬。碎步柔姿秀丽容。风雅不输西子妩，暗香流溢自丰雍。

武陵春·春怨

　　丝雨连绵春色变，雾落失娇颜。露滴香腮水扑胭。欲哭语轻咽。

　　花艳方晴谁戏言，捅漏泪淋涟。弄玉流溪梦醒寒。漫眷念、夜无眠。

青玉案·梦呓

　　雾丝雨细云烟厚。更风冷、来牵手。翠玉钗环香暗袖。风裳衬里，罗巾系肘。笑苦樱桃秀。

　　矜言泪盈蛮腰瘦。对眼惊闻寄情负。欲与知期还约否。凄清孤影，淡妆灵秀。借醉黄昏后。

谒金门·慕春

春已老。晨晓风寒秋早。柳絮漫飞情未了。风细珠露少。

梦里常寻羞恼。落尽尘嚣昏闹。追慕纤云争弄巧。斜暮方知渺。

卜算子·迁

雨霁蚁穴潮，高处新巢筑。借结层楼几十叠，房客留居宿。

望断云无边，雾吸霾呼瀑。门对邻亲不相识，错节谁翻覆。

浣溪沙·讲堂春沐

妙语连珠吐雅词。指纤丰润透宽慈。容自雍，利淡泊，尽人知。

温故出新惊绮梦，睿陈辞旧醉娇痴。绣丹青，倾意趣，缀馨枝。

桃源忆故人·飞泪

阳关三唱传花信。梅落香残曲近。何待花开吹尽。再抹胭脂粉。

风扬拂柳黄莺隐。拨乱琴弦方寸。缠绕万千旧恨。飞泪追悲愤。

乌夜啼·秋望

几阵沉雷雨，催凉欲唱秋声。粉妆菡萏风裳绿，池浅满潮平。

芳草重归千里，拂尘醉梦还生。拒霜黄菊晴阳艳，飞絮影携行。

水龙吟 · 秋残

西风吹皱金波乱，来去银河流漾。欲笺飞信，呢喃催醒，梦中兴浪。归雁畏寒，黄莺惧冷，错传酬唱。看长卷飘黄，凝眉存惑，对樽问、相凄惘。

霖雨惨摧幽枉。念荷颜、藕丝莲怅。轻声哀叹，细呻悲惋，枫红千嶂。贞独空沉，鹤孤清寂，碎心虚妄。恨残秋薄幸，破春未暖，更遗凄怆。

采桑子 · 郁香

悄然浸透相思雨，红袖留香。绿簪珍藏。轻舞飘飞漫誉扬。

梦寻痴语悲惘怅，横坠凉苍。虚掩幽芳。摧落斜阳弄断肠。

千秋岁·风言

三千烦恼。抛与风言笑。爱影幻，情缥缈。金樽清酒对，嬉戏痴狂闹。残月照，箫声吹彻花姿俏。

眉秀迎娇娆。柔媚藏幽窈。罗袖漫，风裳渺。量思音未断，唱晚吟清袅。谁怅恍，错缠如许知期老。

玉蝴蝶·装裱

凤舞龙飞长卷，兰亭醉梦，泼墨曾勤。夜静香沉，浅黛气韵丰匀。望滕阁、水天一色，念勃俊、满腹经纶。记迹痕。月残无语，渐落微尘。

潜沦。千丝愁绪，泪垂笔透，肠断牵魂。玉砚风流，金笺谁寄翠眉颦。恋草木、三秋涵育，似春色、气势云吞。雁鸿纷。阑珊觅尽，难辨新陈。

渡江云·魅影

漫流霞落满，水晶宫殿，翠绿染风裳。笑颜遗醉梦，醒觉无寻，伴细雨风扬。馨香暗溢，看枝梢、蝶舞成双。正月阑、珠英十里，金栗抹轻妆。

相徉。柔姿倒映，粉黛莲池，溅声波心漾。渐隐去、雍容华贵，倩影端庄。步微尘艳方丰腴，恋才情、持重矜藏。邀桂魄、如期玉露琼浆。

过秦楼·借春风

欲借春风，吹红一片，绿翠藏羞妆艳。桃妖梨素，杏媚棠娇，荷绿漾波沉澹。摇曳倩影蝶迷，细雨霖铃，朱颜流减。拒霜沉三醉，偎依双燕，羽烟轻掩。

听呢喃、谁解知音，传言未信，秋恋菊黄愁暗。寒摧怅损，垂泪英收，银汉浸淹星点。绒雪飞花，黛眉心润霜冰，印封朱脸。玉龙催梅落，香引相思眷念。

蝶恋花·寒梅

红粉凋零苍翠减。镜里花开，巧扮朱眉脸。飞雪横生飘冷艳。霓裳罗袖收香暗。

冰玉风霜颜尽染。怕见东君，又泪弹轻掩。破暖还寒妆抹淡。晓晨残月孤星点。

鹧鸪天 · 春愁

举杯泪忍憔悴纹。声咽低语黛眉颦。冤家音信还无寄，王子金笺何处存。

楚腰损，几更濒。霜丝飞鬓拂风尘。梦寻千里迷重影，坠入云霄哭落魂。

浪淘沙慢 · 虚境

夜寥萧，飘摇倩影，幻似星魇。峰翠迷痴艳蝶。遗痕芯蕾馥郁。念蜜意甘甜沉窈蔚。正悠荡、粉羽欣惬。望笑暗羞欢寸心涩，红腮坠娇绝。

惝惚。漫飞暮色耽悦。洒泪别斜阳，方夜籁、唱晚吟笃切。但听得梅红，三弄吹彻。玉英尽歇。甚事姿清减，葶残千骨。

眉黛云山烟微抹。念隔远、旧年顾拂。怅晨晓、镜花藏隐没。恨梦觉、醒落铅华，更约错，呢喃乱解丁香结。

六州歌头·武穆恨

勃兴四势，撑避筑墙垣。晨照远，夕唱晚，破惊寒。怕安残。大捷黄天荡，刚柔婉，平谋反，危局挽，初重返，障杭湾。经略复归，怀愤休兵浅，伺出屏藩。靖康羞耻记，把血缀旌幡。铸剑弓弹。洗尘鞍。

正硝烟满，襄阳遣，机懒散，事成难。欺懦软，烽再漫，举齐肩。共挥鞭。欲与收云断，英雄汉，战袍斑。胡恐乱，笳声断，鼓旗掀。震撼朱仙，半壁江山盼，老少重牵。数金牌催命，竟弃望坤乾。莫有奇冤。

倾杯·雨花

梦里迷寻，醉酣狂觅，姿容恍惚疏隐。幻境驻足，水镜透视，望断阑珊尽。繁华夜景银花树，坠逸垂星陨。尘思意绪，天际处、绚烂流光倏瞬。

量忖。晨钟暮鼓，晓风昏唱，吟啸琴箫蕴。怕漫卷寒潮，遗三秋记忆，冰刀霜刃。娜袅香沉，烟岚浮暗，渐影倾梅印。欲凝悃。惊觉醒、落霞云鬓。

摸鱼儿·冬至寒郁

正萧萧、远山青碧。风凌侵骨寒极。日斜轻暖阳迎面，疏漏翠黄颜魄。寻浪迹。叹笑悼、飞霜双鬓孤怜恤。甚时错失。算幼小恭顺，辈倾心念，弄乱嫡亲秩。

摧飞泪，恋想当应饱佚。留遗残梦甘蜜。来牵馈返晨昏醉，只怕早安虚掷。天老易。堪问道、岁华年月谁矜惜。衣襟漫湿。凝目满坡烟，阑珊觅处，憔悴隐愁泣。

祝英台近·愁丝

黛眉颦，愁暗隐。低语意烦闷。杏眼秋波，对镜理还恨。断肠九转千缕，纤丝牵绊，念相望、沉思交愤。

待纾困。玉结谁解连环，倾情欲全拼。辞岁蹉跎，又近染云鬓。指纤憔损丰腴，衣宽方寸。怕错约、晓晨听信。

扬州慢·冬初夜雨

——紫阳公园夜游

寒意侵肤，朦胧雨细，露珠缥缈腾升。正呢喃黄叶，满梢树缠萦。恋泥馥、沉香入化，风吹坠浪，愁泪充盈。玉龙吟、几弄梅声，朱子松亭。

紫阳凝伫，忆清辞、格物峥嵘。锦鲤弄湖波，错收佳句，胡嚼残英。雾绕水烟垂幔，方兴起、国学情倾。待期东风拂，荣光复照归程。

八声甘州·望海潮

望海潮截去未归舟。听鼓浪鸣愁。半生盈泪眼，迷魂意断，几十春秋。问道何时回祖，独影弄孤丘。念梦牵鸥鹭，雾袖回眸。

尽怅靡音吟苦，看群魔乱舞，别远淫谋。绣球抛绣阁，花落错期收。奈娇颜、几经憔悴，恨芳心、破碎坠怊惆。良言怕、叛离烟岛，夜没幽流。

声声慢 · 嫁秋风

春风吹彻，红瘦绿嫩，年少未识花魁。遇待方思相赏，错点芳菲。情随幽溪去远，叹凄清、月弄愁悲。更怅惘、数无边残夜，细雨声垂。

渐湿冰绡迷乱，恰朝云、沾襟珠泪潮飞。梦里醉酣妆淡，展尽舒眉。袖藏香馨恋暗，念心知、欲结新梅。且教从、莫辞流光老，再发狂痴。

永遇乐·云碧春游

云碧临波，信江南浦，峦峰云鹤。风细人声，蝶痴枫谷，箫引黄莺约。露珠润叶，根深无语，春发垂阳枝觉。恰山青、新芽初出，映落嫩娇烟薄。

盘龙游步，影随老少，快活林荫欢雀。绿野仙踪，古祠东岳，暮鼓晨钟乐。悠闲坡缓，好汉陡峭，眺望齐登楼阁。渐温热、腮红颊粉，漫飞艳萼。

风流子·挥杆

　　十八洞飘近，寻去处、垂问牧羊人。正静如处子，半杆挥击，湍流转捩，果岭芳茵。数线程、抛飞追逐闹，溅起细微尘。围网界桩，沙坑水障，小溪沟坎，显贵嘉宾。

　　漫优游闲荡，多挚友、嬉戏言笑缦巡。轻把赢输规则，非必依遵。待较真竞技，全神拼杀，秋毫算计，故旧无论。再对金樽觞祝，同贺钦尊。

兰陵王·秦淮诉

滔天恶。丧尽人间龌龊。机枪扫，轰炸血飞，敌意屠杀极栽濯。挥刀戏穷虐。浑噩。无辜别鹤。凌惊恐，无助匿藏，沉梦冤魂断头落。

暴残竞争乐。纵妊妇孤孺，殄坠阴漠。未知羞耻谩诔嘬。漫十里荡扫，凋摧村墅，萧瑟长夜惧焚掠。满野幽愁魄。

漂泊。陷枯索。淹乌巷秦淮，破城哀墼。妖魔群涌狂颠错。问苍天神庭，何时擒捉。夫子何豫，执天戟，力倾搏。

长亭怨慢·柳

望斜濑、千丝万缕。眷恋牵思，送伊归处。雨霁烟岚，低飞双燕觅因故。欲言还漏，眉叶字、留春住。溪梦觅流红，怕湿透、错沾遗语。

凄苦。叹枝头绿翠，未理鸣莺愁绪。晓晨雾漫，又夜听、寒蝉倾诉。怅风月、瞬霎时光，算星岁、艳娇芳序。想笑靥藏馨，絮影醉扬痴妒。

念奴娇·中华人民共和国成立

际天云雾，浪飞瀑、梦断巫山无极。独舞千林，烽火焰、终弃和平对戍。昔日残兵，长津士勇，血铸雄魂魄。双溪清澈，病夫跃马横戟。

星夜欢泪长安，五星旗赤染，波潮空碧。鏖战私商，洋十里、期错沧桑怜恤。百万迁回，诸葛小智穷，匪眠惊怵。昆仑风雪，荡夷还化珠璧。

暗香·芳华

梦迷嫩碧。把拒霜岩桂，错迎香魄。望断云山，秋水柔肠恋春色。露润轻揉萼瓣，漫娇艳、幽馨华蜜。怅杏眼、去远眸回，珠泪透怜恤。

追迹。夜沉寂。地老寒宫凄，郁馥难觅。半娘岁易。曾嫁东君未知惜。醉醒天荒无力，弄幻影、吞悲樽掷。恨月残、听玉笛，怨声还忆。

疏影 · 送梅

漫垂艳雪。有暗香诱引，红萼飘拂。袖隐遗馨，眉减轻妆，吹彻玉龙怜歇。影孤幽独黄昏黑，又几更、浸沉寒月。算落泥、细碾尘封，未掩傲霜风骨。

丝缀屏花墨染，纵横苍劲韧，星点朱泼。锦绣江山，图画园方，破暖跨春兴勃。夜残欲晓烟岚处，正旭日、紫霞生发。念芳惊、浑化魂英，醉梦舞蜂飞蝶。

木兰花慢 · 茶道今古

信江河口渡，恰茶道、水源头。影照镇商繁，风帆千里，香茗欧洲。吞牛。武夷岩味，恋甘醇露沁润珠喉。四季风霜寒暑，斜阳落尽才休。

年筹。望待丰收。都念想、却缠纠。渐火车、网接东西别浦，残梦舟愁。沉浮。几家门掩，漫暗灯轻晃把眉愁。归去来今惆怅，沧桑千古遗留。

水调歌头·天眼

天宇漫无际，念探尽荒原。去来幽处迷雾，倾尺未穷边。静寂波光喷射。远近星云永夜。空宿坠冰寒。独自索缥缈，知晓最繁难。

为争竞，魔眼睁，问时观。惑疑欲解，银汉残爆觅源渊。虚暗波微真假。又恐商高欺诈。更怕落孤单。秘奥从如记，谁把别离安？

跋

诗歌的古典和现代

如果把大脑与外界的联系当成一种连接，那么我们可以把它定义为言语、图像、声音、感觉等构成的意象建构；并由此逐渐形成文字词语、自然科学、社会科学、人文历史、文学艺术、古迹遗存，反映人类活动的政治、经济、法律、伦理规范等社会体系，共同构成现实场域。

大脑基于现实场域，通过重构建立起一个自构场域；形成自构的梦觉、假设，以及意象重构、第六感觉等无意识的和有意识的活动。人类的这一智识活动，是对现实场域的解构与重新建构。如文学、影视、艺术虚构、科幻、宇宙模型、玄思、假想、梦幻、宗教、神话、传说，等等，这一场域重构具有无限可能性。

现实场域与自构场域交错解构与重新建构，形成更广泛的混沌场域。自构场域建构具有同构或异构、同时或异时、瞬间或久远、现实或虚构等模式；与现实统一或错位、交叉、多象穿插、漂移甚至对立，它反映出来的场域就极为复杂和多向；构建出一个奇妙的重构世界，时间和空间可以随意组合；宇宙空间的维度可以是多维度，也可以是并行宇宙；也可以没有时间的流逝，甚至倒溯或穿越；一切都可以变化。

作为文学艺术中的诗歌场域的建构，以词语、意境、声音、虚构、幻想、梦境等表达手法来呈现诗歌自构场域或者现实场域、现实场域与自构场域交错的混沌场域。如诗歌创作中的现实主义与超现实主义等，就是现实场域、自构场域在诗歌艺术中的体现。古典诗歌大部分属于现实场域，极少部分为自构场域；现代诗歌可以是现实场域、自构场域或者混沌场域。

诗歌自构场域由语境、梦境、图境、声境等单独或重组混合而成，有别于现实场域的表述。它可以有各种取向，现在的、过去的、未来的，或相互穿插的；实体的、虚构的，或者二者混合的；现实的或超现实的。诗歌要完整表述这些是非常困难的，只能是片段式的表现，甚至是碎片化、跳跃化表现；外部触发的、内部生成的，或者二者交错延续生成的，等等，可以是断裂的、破碎的、非逻辑的、晦暗的、荒诞的，等等。

诗人在创作中不断形成的诗歌自我个域，与其所接受的虚实场域的碰撞所形成的诗歌场域，有可能反过来扩大整个诗歌集域边界的某个方向。这个诗歌集域的边界是无限不可及的，永远无法穷尽。

诗歌的表达历史，正是诗歌场域建构的历史。古典诗歌是以诗歌现实场域为主体的；现代诗歌的发展，强化了诗歌自构场域与现实场域交错建构的快速发展，与古典诗歌一起构成了诗歌更大的混沌场域。

古典诗歌的发展，是与唱咏紧密相连的。西方诗歌的部分现代诗歌的发展，强化了声音的存在。

中国古典诗词中的词的创作，一开始主要是受曲子词的限制。因为是歌唱的歌词，故而必须能唱咏，内容也以感情抒发表达为主。花间词的出现，其离情别绪的抒发表达，委婉曲折；词中婉约派的风格始终占据重要位置。柳永把短调词拓展为长调词后，婉约词及其词的表达空间得到很大的发展。

苏东坡的以诗入词，包括早期欧阳修等人的以诗直接入词，改变了词的词性，开启了士大夫词的创作，词的风雅开始得到抒发表达。词开始具有诗歌的性质。辛弃疾的词，又极大垫高了词风雅豪放的高度。

婉约派的词里，也有很多达到雅俗共赏的较高水平。特别是周邦彦、姜夔等人的词，提高了俗中带雅的成分。

在宋朝词只是作为诗余。宋词里的一些词牌，在当时是由懂得音律的作者自度创作的，如姜夔的自度曲大部分是先有词后谱曲，并非完全是依声填词，这些词的平仄关系在创作时是没有约束的。不懂音律的词人填词时只能依曲填词，故偶尔有音律不准的情况。后世的词人填词时只能依后世归纳出来的词谱填词。当词不再是曲子词的时候，词也就逐渐成了诗歌的表达形式之一。

旧体诗词的创作作为现代诗歌创作活动的组成部分,也是诗歌的表达形式之一。本词集试图在旧体词的创作中融入些许现代生活气息，以为尝试。